수줍은
들꽃 향

수줍은 들꽃 향

펴낸날 2025년 1월 3일

지은이 김효정
펴낸이 주계수 | **편집책임** 이슬기 | **꾸민이** 이해린

펴낸곳 밥북 | **출판등록** 제 2014-000085 호
주소 서울특별시 마포구 양화로 156 LG팰리스빌딩 917호
전화 02-6925-0370 | **팩스** 02-6925-0380
홈페이지 www.bobbook.co.kr | **이메일** bobbook@hanmail.net

© 김효정, 2025.
ISBN 979-11-7223-054-8 (03810)

김효정
시집 1

수줍은
들꽃향

밥북
B·O·O·K

책을 펴내면서

무어라 표현할 수 없을 만큼
감사한 맘으로 바라보는 파란 하늘에
갖가지 구름으로 가을을 맞이하는 느낌으로
풍경을 거울 삼아 표현해 봅니다
오묘한 인연으로 소원 빌며
징검다리 건너 깨우치는 향기를 음미하며
맡아도 맡아도 다 모를 인생길이지만
추위와 더위 사이사이에
파릇파릇 피어나는 새싹과
하얗게 눈부셔 오는 이 세상에 신바람 일으키며
첫 시집이라는 떨림을 감수하면서
독자분들과의 소통을 위해
한 분 한 분께 전하는 심정으로
한 송이 아름다운 삶을 향해 정진하고자 합니다.
많은 지도 편달 부탁드립니다.
후원해주신 큰 아들 이재민, 며느리 한푸름,
작은 아들 이재욱에게도 감사 인사를 전합니다.

2024년 12월

김효정 배상

차 례

시인의 말 5

제1부

93세의 천사

또 하루 10 / 깨달음 11 / 93세의 천사 12

어느 날의 발견 14 / 살면서 15 / 오 남매의 여행 16

내 안의 나 18 / 내 영혼 19 / 외롭지 않으려면 20

아름다운 풍경의 여행 21 / 엄마 22 / 희망의 찬가 23

떡집 아즈매 24 / 심장 25 / 고운 단풍처럼 26

걸어가는 길 27 / 길목에서 28 / 꿈속의 환희 29

널 찾을 때는 30 / 수심 31

제2부

인 꽃 향

감사의 하루 34 / 바닷가에서 35 / 아직도 난 36

의로운 소 38 / 인생길 39 / 행복한 사람 1 40

행복한 사람 2 42 / 행복한 사람 3 43 / 행복한 사람 4 44

행복한 사람 5 45 / 행복한 사람 6 46 / 행복한 사람 7 47

행복한 사람 8 48 / 행복한 사람 9 49 / 유유히 걷는 삶 50

터미널 51 / 동백 혼 꽃 52 / 인 꽃 향 53 / 새 식구 54

탈 55

제3부

유산 훈서

길 58 / 유산 훈서 59 / 바람 60 / 양은 냄비 61

이천 쌀문화축제 62 / 이천 이밥 64 / 감사의 삶 65

까마중 66 / 별 1 67 / 별 2 68 / 살고지고 69

위대한 상 70 / 꽃밭 71 / 산책 72 / 고맙다 가을아 73

9월을 맞이하여 74 / 농촌 지기 75 / 가족 사랑 76

보름달 77 / 떠난 후 78

제4부

행복 도둑

숲 80 / 시월의 향기 81 / 노을빛 사랑 82 / 멍한 가슴 83

하루에도 열두 번 84 / 하얀 꽃 85 / 죽음 86

가을 향수 87 / 한 바구니 88 / 당단풍이 떨어지는 순간 90

낀 모양 91 / 튀는 콩알 92 / 행복 도둑 93

혼을 담는 제본가 94 / P 붙이고 96 / 섬을 부르는 코로나 98

황금 열쇠 99 / 아름다운 동행 100 / 새벽 새 101

인터뷰 102

제5부

가상놀이

기다림 106 / 가상놀이 107 / 덧뿌린 씨앗 108

여지 110 / 낯선 거리 111 / 고향지기 112 / 덤 113

하모니 114 / 소외감 115 / 인테리어 116

목마르지 않은 나무 117 / 그런 줄만 알았습니다 118

치유되는 선물 119 / 산수유 120 / 동행 121

미완성 인생 122 / 매화 124 / 설날 125 / 가족여행 126

아가야 128

제1부

93세의 천사

또 하루

눈뜨니 선물이 보인다
어떻게 풀어 볼까

무엇이 담겼을까
예쁜 상자 속

풀기 전에
기도한다

행복한 느낌에
미소가 커진다

담긴 사연들이
기쁨을 주니

또 하루
푸른 꿈을 꾼다

깨달음

비로소 알았네
널 위해 기도해야 하고
널 위해 봉사해야 하는

그건
순전히 날 위한
사랑이었다는 것도
난 이제야 알았네

그러나
나를 올바르게 만들지 않고선
결코 누구도
사랑할 수 없다는 것

또한
함부로
줄 수도 받을 수도
없다는 것을

93세의 천사

예쁘다 하면
배시시 웃으실 때

따뜻한
영혼이 그려지고

함께 있으므로
감동적인 모습

그 속에서
피어나는 꽃향기처럼

진실한 인생 수업들이
하나둘 자아내며

인연이 길지도 짧지도
영원하지도 않지만

곧
이별의 선상에서

다시
그리움에 목메일 테지

어느 날의 발견

하늘 보니
푸른 나뭇잎에 가려

자연의 빛에
변해가는 내 모습

푸른 마음으로
반성하는 날 삼아

아름다움으로
돌려주고 싶기에

구불구불한 모습까지도
품어 안고 싶기에

마음의 근력 키워
미소로 손짓하려 한다

살면서

영혼이든
육체이든
채운 만큼 자신감의 기쁨으로

마음속에 사랑이
가득 채워질 때
꽃보다 아름다운 미소를
지운다

역경과 고통 속에서
또 다른
깨달음의 연속성이라지만

무념무상으로
죽음의 완성을 채워갈 수
있기에

찬란한 사랑만이
치유할 수 있고

인간의 영혼들은
여행 속에서도
완성을 꿈꾸곤 한다

오 남매의 여행

팔월 십일 일 새벽 다섯 시
우리의 행복 여행이
이박 삼일에 탑승하여

삶의 고통이
영혼의 숭고함을
알게 되고

괴롭고 힘든
인생길을
이겨낸 후

또 다른
사람들을 통해
사랑을

그리고
존경을 받게 될
믿음을 나누며

우리는
사랑하는 마음으로
여정을 시작한다

달리는 공간 속에서
어릴 적 추억으로 사로잡히듯
회심의 미소를 짓고

자연의 경이로움과
인간의 아름다운 조화로
인류가 흐르는 대로 흘러간다

내 안의 나

무지갯빛 띤
나를 발견하듯이

내 안의 나를
나를 찾고 싶다

보는
이들의 행복을
표현하고 싶기에

축원의 기도와
고된 하루 속에서도

많은 사람이
두루 맛볼 향기를
묵묵히 빚고 싶다

내 영혼

맑은
그 소리를
듣고 싶습니다

산자락에
맑은 물줄기 따라
씻어지길 소망합니다

탁한 기운에 화내기도
맺히는 눈물 하나에도
미소로 바꾸고 싶습니다

그리운 임의 향수에
꿈처럼 취하듯
간절히 품고 싶습니다

외롭지 않으려면

사회적으로
많은 사람과 함께할
추세라면

생각을 반듯하게 가다듬고
가치향상을 위해
역량 강화를 하되

자신의 처지에 감사함을
끊임없이 익히고
배우며

심신을 채워주는
상생의 역할이
주어지는 대로

삶은
더욱더 풍요 속에
마음을 내려놓을 수 있으리라

아름다운 풍경의 여행

자신의 존엄과
아름다움을 지키고
자학을 즐기기 위해

천재보단 노력을 멈추지 않고
전력투구에 몸 바쳐
새로운 주인공이 되리라

피 끓는 감정을 느끼며
질주의 푯대를 향해
힘차게 나아가리라

엄마

당신의 손길에서
세상에 놓인 나는

사랑과 보호를 받으며
어느새 세월의 흐름대로
제 마음에 담았습니다

당신을 닮아
진솔한 향수가 나듯
손 내밀 때마다
온기로 맞잡아 줄 수 있는 것처럼

인연 또한 클래식처럼
감미롭고 부드러운 만남으로

당신의 사랑이 내 안에
숨 쉬는 한
나는
마냥 행복하렵니다

희망의 찬가

내가 디딘 발자국에
그림자는 날 기억할까

기도 속에
안아주는 기쁨처럼

존재 속에
이유를 발견하는 것처럼

나를 잊어버릴 때마다
함께 어울림의 표현들이

나의 노력 없이는
희망도 도망갈 테지만

믿음 소망 사랑은
꼭 품고 싶다

떡집 아즈매

눈 뜨면 불린 쌀이
윙크하네

사람들이 맛볼 행복을 위해
빚는 솜씨에 분주하고

보물단지
꿀단지

후회 없는 생을 위해
세상의 퍼즐을 맞추며

감사하는 마음을 나누며
채워가는 정성으로

새롭게
만나는 인연마다

호연의 꿀맛을
함께 나누고 싶네

심장

육체의 사랑으로
서로에게 헌신하듯

매일 숨겨두고
먹고 싶을 만큼
그리움 담아

주는 사람도
받는 사람도
아름답다 말하네

돌 속에
다이아몬드가
비치듯

꽃송이에서
보화가
느껴지듯

진심이 담긴
사랑은
절정에 이르네

고운 단풍처럼

역경을 바로 세울 줄 아는
진리의 그릇은
보배보다 더 빛나고

느리게 변해갈수록
깊은 사랑을 느낄 수 있는
공간보다 더 시야가 넓어지고

꿈이 담긴 혼은
진정 고목 나무의 멋을
가슴으로 담은 듯

저마다 멋스러움으로 인해
자부심을 품어 안고
묵묵히 걸어갈 뿐이다

걸어가는 길

인연의 그림자 속
내가 흘린 발자국

손 내밀어
나의 손을 잡아주시고

두 눈 감고 기도할 때마다
인자하신 그분은 날 안아주시며
함께하는 거라 하시네

존재감을 찾아 발견하며
나의 나 됨을 잇듯

나의 노력 없이는 희망도
도망친다네

길목에서

보이지 않는 곳에 스며들어
예뻐진 나를 발견하네

때론 나에게로 찾아와
해가 되어 고독을 달래주고

또다시 다가와
달이 되어 위로해 주니

오늘 밤 꿈속에서라도
예쁜 꿈으로 머물러 준다면
행복에 흠뻑 젖어볼 텐데

꿈속의 환희

어제 같은 오늘이 없듯
오늘 같은 내일도 없다

혼자 떠나는 여행길에
당신을 만나
정겨움에 행복 담고 돌아온다면
세상을 얻은 듯

사랑으로 채워
불투명한 시간을 잊고
마냥 정서적 꽃을 피우며

안식처 같은
당신 곁에서
마냥 미소를 짓고 싶다

널 찾을 때는

흐르는 세월의
허상으로 볼 건지
잡고 놔주지 않을 건지

굽이굽이 돌다가
무얼 보고 싶어 할 건지

목 놓아 부르다
널 찾을 때는
따뜻한 정을 담아

푸르른 하늘에
값진 보물 생각하며
널 꼭 안아주리라

수심

떠나리라
내 안에
다른 세상을 향해

축제의 마음으로
물 흐르는 곳에
조용히 앉아

조약돌 만지듯
나의 꿈을 찾아
돌아오리라

제2부

인꽃향

감사의 하루

가는 세월 속에
그러면 그런대로
활짝
웃어나 보자

바람도
구름도
흐르는 인생은
아름다운 것이기에

고된 만큼 보람되게
자신에 넘치는 모습으로
활짝
웃어나 보자

바닷가에서

정동진 둘레길
푸른 바다 끼고
걷는다

바다 위에 앉은
바위 틈새로

훈풍에 출렁이던 파도는
오고 가는 정겨움을 토할 때

하늘 아래 덩그러니 뜬
흰 구름은 누굴 찾아
가는지

저 멀리 산자락엔
아름다운 녹음을 드러내듯
앉는다

아직도 난

누군가 심어놓은 나무로
쉼을 얻을 수 있듯이

누군가의 기도로
행복을 누릴 수 있듯이

내 잣대로만 재다 보니
철들지 않은 모습이기에
주위에 슬픔 될까
눈이 아픕니다

비가 오면 오는 대로
운무와 무지개를 연상하고
그 비라도 흠뻑 맞으며
지혜의 깨달음을 얻을 텐데

오늘도
하염없이 흐르는 빗줄기가
마음을 위로하며

누군가 기쁨의 빚진 자로
홀연히 없어지는 날
그 슬픔, 고스란히 안고 가겠습니다

의로운 소 - 19살의 노령으로 죽음을 접하면서

인정이 메마른 이 시대에
잔잔한 감동으로 다가온 예화

사랑의 숭고함과
경로사상을 일깨우고

의덕을 기리며 경의 정신을 선양코자
그 비가 세워진 걸 보고

남을 위해서 사는 자는
거룩하며

예지 속에 깃든 사랑은
행복의 꽃을 피우며

고통스러운 영혼이
숭고하게 만드는 명약이라기에

우리가 걷는 역경의 길일지라도
삶의 노래에 힘써 보리라

인생길

슬퍼 마오
괴로워도 마오

내가 있고
그대 있으니
꽃길 만들며

행여 서럽다 해도
일장춘몽이라
여기며

꿈을 향해
거칠면 윤활유치고

꽃봉오리에 희망 솟듯
노력으로 행복 지으며

꿈동산 이루어
여명의 빛 밝히리오

행복한 사람 1

저 너머 보이는
새벽녘 무지개 위로
방긋 웃는 해님

비뚤어진 나뭇가지 닮은 몸에도
행복한 물이 차오르니
너풀거리듯 미소로 화답하고

시련 뒤의 성취와 함께
갈아도 날 서지 않는 명검도
정금같이 단단해지리라 믿으며

시간 속에 삶의 의미로 불어넣어
존중받는 사람이 되고

긍정의 마음으로
설레는 하루를 기도하며

만상을 무시하지 않고
하찮은 헛소리에도
흘려듣지 않는 마음으로

사랑을 주고받을 줄 아는
그 마음이 천국 같도다

행복한 사람 2

하루를 소중히
감사하는 마음으로

오늘의 삶을
기쁨으로 나누는

어떠한 형편이든
주어진 삶을 이겨내는

후회도 미련도 없이
자유로운 인생을 즐기며

유머와
적당한 무관심으로
관계를 그리며

하늘을 볼 때마다
자신을 돌아보며

주위를 생각하고
예쁜 마음을 품은
그런 사람이 좋다

행복한 사람 3

인사하는 하늘엔
초승달 뜰 때

한 발 내딛고
손잡아 주는 고마움으로

굽이굽이 능선 따라
온 세상 밝혀 주고

힘차게 외치는
열정을 담아

조각조각의 사랑을
쏟아붓는 오늘도

편중되지 않는 마음의 눈으로
나의 모자람을 채워주네

행복한 사람 4

자연을 닮고 싶어
눈 감으니

계곡 물소리 따라
예쁜 돌들이 반짝이고

티끌 없이 맑고
청아한 미소가 꽃 되어

만고에 변함없는 향기가
즐거움으로 내게로 다가오니

달빛 속에 그리운 사람처럼
꼭 품어보네

행복한 사람 5

미덕 그 자체라며
내게 손짓하며 다가오는
너

얼어붙은 동토의 서러움에도
봄이 다가오듯
희망과 바람으로 기도하고

가끔 비가 내린다 해도
영롱한 무지개를 그려놓고

자연을 벗 삼은
내 삶에 고운 색칠하며
남기듯

어여쁜 선율로 노래하며
오늘도 만족함에 감사하리라

행복한 사람 6

눈 뜨면 입 맞추리라
기도로 시작하고
감사함에 고개 숙이리라

만나는 사람마다
웃음으로 인사하고
덕담으로 차 한잔 나누리라

슬픈 자는 위로하며
기쁜 자에겐 박수 쳐 주며

높낮이는 자로 재듯
인생을 노래하며

인연의 삶이
풍요로워지도록 춤추며
겸손으로 살리라

행복한 사람 7

사랑으로 태어나서
정으로 자라나

무릎 꿇고 기도하는 두 손엔
황금 열쇠 꿈꿔보고

푸른 하늘 향해 나는 한 마리 새를 보며
소녀처럼 맑은 미소 풍기며

어느새 중년이 되어 태양 아래
여전히 두 팔 벌려 세상을 아우르며

깨달음에 도달하듯
또 다른 꿈을 향해
늠름하게 살아야겠다

행복한 사람 8

무심코 하늘을 바라보며
감사하다고 생각하고

노래의 씨앗을 뿌리며
인생을 만들어 감을 느끼고

아름다운 세상으로부터
자신에 대한 놀라운 비밀을 깨닫고

풍랑 속에서 두려워하지 않고
영혼의 소중함을 안으며

그런 사람이 행복하다는
그 이유를 이제야 알 것도 같다

행복한 사람 9

흙수저로 자란 이들은
삶의 희로애락을 배웠기에
춤출 줄 알지만

금수저만을 노래하는 이들은
각박한 세상을 엿보며
더 높이 힘쓸 터이고

차랑차랑 바람을 안을 때에도
쩌렁쩌렁 노래할 수 있는
넓은 가슴을 만들 테고

절벽에서도 피워지는 아름다움을 보며
마음으로 담고 들을 수 있을
자는

안개가 걷히면 화창함을 보며
기쁨을 느끼는 자들은
당당히 살아갈 테지

유유히 걷는 삶

한발 한발 옮길 때마다
옷 입은 모습이 변하듯

인생길에도
황금색 꽃길 만들어
후손들이 걷도록 하리라

손에 손잡는 마음을
하얀 설 눈 속에 피어나는

붉은 열매를 보듯이
반짝이고

세월의 덧없음에
한탄하지 않으리라

터미널

오고 가는 사람들 속에
저마다 사연을 실어 주는 곳

차표 한 장에
소통의 통로가 되듯
만남으로 도와주고

단절됐던 대화가 터지고
인연의 끈을 엮어줄 때

오늘도
따스한 봄날처럼
훈훈한 사랑 싣고 걸어가겠지

동백 혼 꽃

영혼의 뿌리가
연어의 사랑만큼

천년이 가도 잊을 수 없는
그리움 되어

무정한 돌 심장에
꽃잎 되어 새겨지고

감질나도록 사무쳐
몸이 으스러져 흐르는
물이 되어

시절 인연에
천년만년 쌓여가네

인 꽃 향

자연의 꽃은
계절마다 피고 지다
때가 되면 자연으로
돌아가고

여전히 예쁘게 보이지만
세월이 비껴가면
바라볼수록 예쁜

사람마다 내면이 채워지면
활짝 핀 미소의 향이 흐르고

서로의 존중으로 친구 되어
편안하고 아름다운 인연처럼
살고 싶다

새 식구

맑은 하늘
푸르른 녹음처럼

보기 좋은 꽃
사랑의 향기처럼

비바람 분다 해도
행복만은 흔들리지 않도록

아름다운 그림으로
끝없이 그려나갈 수 있도록

손에 손잡고
힘차게 미래를 향해
달려보자

탈

사랑의 탈을 쓰면
행복해지고

미움의 탈을 쓰면
슬퍼지지만

해탈을 쓰면
껄껄 웃을 수 있더라

제3부

유산 훈서

길

기다려 주고
손잡고 가는 길엔
가시덤불일지언정
버틸 테고

돌짝 같은 길이라도
합심하여 간다면
예쁜 추억이
담길 테니

언젠간
옥토처럼 밝은 길이
우리의 삶이 되리라

유산 훈서

하늘을 우러러
공양하듯

눈 감고
세상 보듯

모자라는 자신을
채우는 언어와

다가오는 바람을
되새기며

마음의 생각이
길이 남을 수 있도록

오늘도 강물처럼
유유히 흐른다

바람

잔잔하게 부는 바람
휘몰아치며 부는 바람
모두가 지나가는 것

잡을 수 없기에
바라보며 느끼고

하늘 위에 조각구름
흘러가듯이

보기 좋은 사람으로
살아가는 것

태풍 앞에 선
구부러진 나무처럼
한바탕 춤춰보듯

인생의 흐름을
품어 안는다

양은 냄비

번뇌가
라면을 끓이는 것과 같이
나의 근성이 되길 바라고

돕는 역할로만
네게 웃어줄 수 있다면
냄비라도 좋고

끓는 물에 면발이
쫀득거리듯이
장점으로만 서로에게
희망이 되고

그 특성만을 살려
기억하고 살아감에 있어
집안에 꼭 하나씩 있을듯한

사람이 내가 되길
오늘도 기도한다

이천 쌀문화축제

푸른 하늘 아래
에워싼 고장에
울긋불긋 낙엽 따라 소풍 나온
사람들

가을 여행의 추억을 안은
아늑한 공원에서

농경사회를 비롯한
글로벌 사회를 재현하듯
예술의 풍년 잔치를
만끽하고

임금님 진상 행렬과
용줄 줄다리기
무지개 가래떡 등

이천 명가마솥밥으로
행복을 나누며

　　　수줍은 들꽃 향

한마당을 찾아 임금님인 양
햅쌀로 지은 진상을 맛보며
이천의 꿈길을 걷듯 신명 난다

이천 이밥

으뜸을 자아내는
맛 자랑

구수한 냄새 솔솔
원기 회복 채워주듯

토질과 기후 따라
달라지는 신기한 이밥

아미노산 미네랄이
살아 숨 쉬니

찰지고 윤기 나는
정기 어린 예의가 그윽하다

감사의 삶

맡은 역할로 살되
스스로 죽이지 않으려면

육체를 꾸준히 움직이며
영양식을 보충하고

영혼을 해 맑게 닦으며
지혜를 쌓고

맑은 마음으로 즐기며
감사하는 다짐으로

내일을 염려하지 말고
오늘을 족한 삶 누리는 일이다

까마중

옹기종기 모여들어
따먹고 취해 미소 짓던 날

탱글탱글 파란 알만 남겨두니
또다시 기다려지고

까까중이 떠올라 던졌던 말에
호탕한 웃음바다가 되었고

골목길 옆에도
거름더미 위에도
다소곳이 모여들어

까매져 가는 입술을
서로 보며 우스워 배꼽 잡는다

별 1

구름 속에 숨겨 놓듯이
별밤 속에 반짝임으로
만나지고

속살 깊이 세어보듯
영롱한 빛이 되누나

떠나면 헤아림으로
달래보고

뜻 모를 이야기 담아
닿지 않는 곳으로 여행 보낸 후

한가득 채워지는 모습으로
시련이 낙담일지라도

더 반짝이는 별이 되어
떠오름을 아누나

별 2

그대가 찡그리시면
사라지고

환하게 웃으시면 다시
보입니다

그대가 보이면 나도
따라나서고

여행을 꿈꿀 때는
입 맞춥니다

깊은 곳에 수놓듯이
올라도 보고

닿을 듯 닿지 않는 별 하나에
내 마음도 퐁당 담가보고

또다시 사라질 때는
나도 숨으렵니다

살고지고

혼자지만
누군가에게 웃는다

흔들리며 피어나는 꽃이
아름답듯

해를 품은 여자처럼
포근히 삶을 안아본다면

찢긴 자들에게 빨간약 발라 주듯
어루만져주고

부러진 자들에겐
통로가 되어 준다면

아플지언정 외롭지 않은
삶을 살아가리라

위대한 상

비껴갈 수 있는 후미진 곳
언제쯤 그 길을 알 수 있을까

소낙비 내리거나
태풍이 피해 갈 수 없을 때
울고만 있는 자는 누굴까

나만 힘들지라도
알고 보면 깨달은 자는
공평함을 느낄 수 있고

팔구십을 살아본 후에는
무슨 말을 남길까

참고 이겨내다 보면
아름다운 세상을 볼 수 있으리라

꽃밭

살짝 다가가 보니
환하게 반겨 주네

누군가의 손길로
가꿔진

어여쁜 꽃 위에
나비 살랑이고

자체도 고운데
코끝을 스치는 향

젖어오는 행복에
미소가 절로나니

보고 또 봐도
마냥 취해보고 싶네

산책

혼자여도 둘이어도
좋다

생각할 수 있으니 좋고
바람과의 벗 삼으니 좋다

푸른 나뭇잎과의
속삭임

시원한 자연 바람
맑은 공기와 햇빛

새들의 합창 소리에
훌훌 날아가듯

새털처럼 가벼운 시간이
행복하다

고맙다 가을아

오곡백과 무르익으니
가을 들녘 채워지고

농로 길을 걸을 때는
콧노래도 절로 나네

함께하는 이웃이랑
정겨웁게 조잘대며

알곡은 거둬드리고
쭉정이는 날린다네

이집 저집 나눠줘도
흐뭇하게 남겨지니

싱글벙글 마주 보며
수고의 땀이 감사라네

9월을 맞이하여

높은 하늘 조각구름
윙크하며 손 흔들고

아름답게 채워지는
바깥세상 감미롭네

걸어온 길 서러움에
위로하며 어루만지고

천사들의 합창 소리인 양
나를 향해 찬양하네

오늘도 웃으면서
나 여기 있노라 외쳐보고

함께하는 세상 길엔
박수하며 힘을 얻네

농촌 지기

거친 손으로 인해
꿈을 심고

검게 탄 피부는
결실을 맺네

생명을 소중히 여기는
고운 심성엔 웃음꽃 피고

깊은 속정은 푸른 바다로
스며드니

구김살 없는 얼굴은
오늘도 희망을 얻네

가족 사랑

그저 바라봄으로 외롭지 않고
넘어진다 해도 위로해 주는
정

하늘처럼 맑은 모습으로 떠올리며
늘 그리움 쌓이는
정

계산 없이 웃으며 손잡아 주는 내 편
울어도 토닥여 주는
사랑

따뜻한 마음으로 능선을 오르듯이
한 걸음마다 좋은 생각으로
기도하며

언제나 힘차게 도약할 수 있는
행복한 사람으로 살 수 있도록
품는다

보름달

한참을 바라보니
어느새 앞으로 다가오고

소원을 빌고자 하는
마음을 여니 미소 짓네

달빛 속에 담긴 그림들이
알알이 비추어지듯

별들이 수호하며
높이 높이 반짝이고

이루고자 하늘 꿈을 담은 듯
곱게 물들여지네

떠난 후

회색으로 덮인 하늘 아래
내려지는 빗소리

점점 변하는 산등성이의
빛

띄워진 바다에 배 한 척
불바다가 되고

하늘도 바다도 낙조 되어
수줍게 기도하니

다시금 서서히 떠나
어두움이 밀려오고

순간적으로 떠오른
빛들의 변화에

감탄사가 되어
미소가 가득 차네

제4부

행복 도둑

숲

햇살 고운길 걷다 보니
맑은 물줄기가 보이고

상처 나고 찢긴 몸도
포근히 안아주니
꽃처럼 향기롭네

더불어 가는 사람마다
무지개 동산 이루며

허물도 단점도
감싸고 위로하니
신의 선물처럼 아름답네

시월의 향기

마른하늘에 여우비가
불현듯 나타나니

선명하게 다가오는
그림자에 목이 길어지고

환하게 웃어넘기는 들국화는
걱정된 눈으로 구절초를 보네

나무에 매달린 소똥구리는
단풍잎 미소를 바라보고

옳고 그름보다
성숙한 사랑이 중요하듯

아름답게 익어가는 가을 향처럼
즐길 줄 아는 사람들은

유유히 흐르는 강줄기 따라
낙락장송 부르며 걷는다

노을빛 사랑

들꽃 향이 스며드는 날
감나무가 풍성해 보이고

달리는 차 창 너머로
아담한 카페에 앉은
고운 인연들의 속삭임에

흐르는 물을 바라보듯
세월 앞에 고개 숙이며

모자람을 채워주는 당신으로 인해
찬양할 수 있음에 두 손 모아

곱게 곱게 물들어가는
하얀 눈꽃 세상을 꿈꾸듯이

따뜻하고
고우신 님을 향해
달려만 가고 싶습니다

멍한 가슴

눈부시게 아름다운 날은
보고 싶어 그리울 테고

들 향기에 취해 소슬바람 불 때는
강가를 바라봅니다

논문처럼 박힌 인생이라면
맛의 묘미를 느끼지 못할 것이고

태어남의 축복에 의미가 부여해지면
감사로만 살 수 있습니다

변해가는 세월 따라
둘이 하나 되는 사랑이라도

아름다운 희생이 걷히고
추운 냉골처럼 싸늘해지면
관계 속에도 슬피 울고 맙니다

하루에도 열두 번

쑥대밭에 앉아
밥상에 생선구이 올리듯

서쪽 하늘 향해 위로받으려 바라보다

불쑥 동쪽 하늘 보니
누구를 닮았는지 고개만 젓다 말고

맑은 창호지에 먹물이라도
뚝뚝 떨어지는 날이면

주섬주섬 세상을 안고 어디론가
또다시 떠나려고 하네

하얀 꽃

바라볼수록 눈부시고
자연의 경이로움을 뽐낸다

겨울에만 환상적인 모습으로 나타나는
멋진 서리꽃은 누굴 닮았을까

아픈 마음이라도 그 앞에 서면
어느새 치유되듯 바꿔놓곤 하지만

강물처럼 흘러내리는 한 칸엔
보고 싶은 모습만 남았다

죽음

화를 담고 가듯
차가워지니

슬픈 고개의
끝을 잡으니

예쁜 꽃도
고개를 떨구듯

겸손함 필 때
따스함 나누고

곱게 얽힌 어둠을
등대가 밝혀 주듯

빛을 좇아
새로운 길 재촉하네

가을 향수

쓸쓸하다 말하고
외롭다고 느끼면
가을이던가

풍성하게 채워주고
들국화 향 토할 만큼
긍정을 말하고 싶다면

누구에게나 같은
계절은 아니라

풍구 돌리며
쇠죽 쑤던 옛 시절
떠오르듯

잘 놀던 한때가
오늘이 되어
내일을 기약하며

낭창거리는
젖 줄기 적시듯
고요히 껴안는다

한 바구니

식탁에 배송된 한 아름의
흠뻑 뿌려진 눈물 송이가
인고의 꿈 많은 소녀 시절이
시작된다

정원의 흙 밟으며
피워낸 가시 꽃은
부드러움과 강인함을
지닌 채

바람 속 햇빛 아래
소망의 전율로 삼아
해맑게 비추니

빛 따라 가는 길에
예쁜 그림 장식한
한 폭의 우아함을
남기고

쉰아홉 송이가
어느덧
곁가지의 향기로
피웠으니

하루해에 시든다 한들
혼자만의 여정이 아니기에
깊어지는 중년의
꽃이란다

당단풍이 떨어지는 순간

바라만 봐도 좋고
변화하는 모습에 향수가 뿌려진 듯

호기심으로 바라보는 붉은 잎
가끔은 모나도 좋아하면 비타민 되고

익숙할수록 짙어가는 모과 향
행복의 습관이 되니

불현듯 바람 부는 날에
원망하기보다 떨림에 익숙지 못한 채

추풍은 순간적 사랑이 되고
추억으로 익어가는 계절 따라

한 잎씩 소복이 쌓여
찬란한 겨울을 준비하리라

낀 모양

사랑으로 툭 떨어진 세상
푸드덕 날아가는 새 보며
생각을 부여잡고

다각으로 눈여겨보며
다채롭게 느끼는
우리네 인생들

박힌 바위를
옮기려 말고 틈에 핀 꽃을
즐기듯

바다에 윤슬이 흔들리며
반짝이는 잔물결을
껴안듯

한 사람의 몫이
붉게 물들이는 여행길마다
콧노래 부르고 싶다

튀는 콩알

구르다 모난 세상 만나니
두려움으로 구석에 움츠리고

질서 잃은 알들이
통통 튀며 숨어도

아버지의 옛 모습은
먼지 되어 사라지고
사랑 나무만 그려지네

꽃차를 만난 뜨거움으로
향기 되어 날리니
그리움에 얹히고

일 점 오 배의 뜨끈한 단백질이
가득 채워지니

튼튼하게 지탱해 주는
세상살이가 정겹다

행복 도둑

빗나가지 않는다면
들락날락한다 해도
기쁨으로 맞아주고

버선발로 마중 나가
부둥켜안으며

하늘 위 뜬달 아래
눈물짓지 않기 위해

지평선 너머에 계신다 해도
미세먼지 헤치며 맑은 길 따라
시리도록 가까이하리라

깊은 산 속 옹달샘 향내 나는 곳에
쉬어갈 수 있도록 비추어 준다면

언젠가는
숲길 속을
나비 되어 날으리라

혼을 담는 제본가

밝아지는 하늘 뒤
노랑 빛이 얕게 보이고
다시 주황으로 쏟아진다

꿀 바른 책을 핥으며
종이 향으로 미래를 볼 수
있으니

사라지는 활자를
복원하여 힘을 키워주는
시간 속으로

소명을 갖고 희망을 달아
묵묵히 이어가는
장인의 숭고한 뜻을

하늘처럼
높게 품고
감사의 탑 쌓으니

낡은 그림에
생기가 돌아
새 생명이 탄생하듯

인생을 담고
그리움이 되어가는
가슴이 뜨겁다

P 붙이고

퇴촌길에 붙은 매운탕 간판이
오감을 만족시켜 주니
당혹스러운 즐거움이 되고

간간이 쏟아지는
속앓이 단어도 버려두듯
알곡 같은 정을 심는다

호랑이와 사자는 팔십 프로만 채우고
더 이상 사냥하지 않는
포효하는 멋짐을 배우며

한 알씩 주워 담아
뜯지 않은 선물을 미룬 채
경주는 다시 시작되듯

경이로운 자연 앞에
한 홉의 세균이 엄습함에도
고운 페이지를 남기듯

사람 마음도 그러하지만
회색을 입은 모양도
핑크빛으로 보이는 행복을 담고

지혜롭고 성숙한
사랑하는 법을 배우며
하루를 채운다

섬을 부르는 코로나

섬 아닌 섬이 되어
구름 속에 숨더니
분홍 억새로 고백하고

물억새는 바람에 춤을 추니
해님이 나타남으로
반짝이는 남한강에서

감염증으로
만나지 못하는 꽃들은
멀리에서 손짓하고

순정으로 불러보는 살살이 꽃도
시샘하는 민들레도
달님에게 살짝 입 맞추니

빨개지는 얼굴로 향기 나는 옷깃을
살며시 에워 잡네

황금 열쇠

복 꾸러미
양손에 거머쥐고
입맞춤한 후

장식장에 액자처럼
굳게 닫힌 마음과
함께 달아 놓고

한 소절의
시 구절 펼친 시간이
녹아내리니

살아가는 이유가 될
채우고 또 채워주는
주머니 속의 꿈은 영원하다

아름다운 동행

영원히 살 수 없기에
죽음을 앞둔 시간이
서로의 행복을 바라듯

포도송이처럼 피어나는
오월의 기쁨 향해
아카시아꽃을 유혹하며

모래밭에서도 꽃 피우듯
생명력 짙은 진정한 사랑으로
황금 노래 부르다 보면

핑크빛보다 더 짙은
그리운 인연으로
미소 속의 행운을 담으리

새벽 새

창틀에 기웃거리다
주변 나뭇가지에 앉아
파르르 떨던 새

발그스레한 모습이
화들짝 놀란 별같이
자신을 녹여버리듯

골방에 웅크린 몸은
마음의 행운을 덧칠하며
찬란한 기회를 추스르듯

잠들기 전 두 손 모아
동트는 순간까지
또다시 비상을 꿈꾸리라

인터뷰

태양 보며
꿈을 안았지만
어둠이 내리고

진흙탕을 걷고
가시에 찔리니
결점이 난 듯

지친 몸 일으켜
바람을 가르고
내민 손에도

잡을 수 없는 세월
마음의 근력 키운들
뜨고 지는 해도 흐려지더라

입을 통해
드러내는 괴성에
떨어지는 구슬처럼

흐르고 흘러가는 세상살이
잠잠해지는 바람도
꽃 한 송이 피우고 만다

제5부

가상놀이

기다림

관중 없는 경기를 보며
간절히 응원하는데

흠뻑 젖은 옷은
바다를 달린다

노란 꽃들은 너를 향한
소리를 내는데

네모진 시계는 자꾸만
어디론가 간다

가상놀이

금가루 쏟아지던 날
장황한 게임이라도 하듯
구름이 한바탕 춤추고

번지점프의 느낌만큼
아기곰들이 가족 놀이에
상쾌한 힘이 솟는다

난생처음 세상 밖으로
첫발자국의 자유를
만끽하며

형제끼리도 이빨과 발톱으로
엎치락뒤치락
선두 자리 꿈꾸듯

계절의 변화에
서로의 비밀을 알아가며
진정한 자유를 터득하곤 한다

덧뿌린 씨앗

바람으로
씨앗이 덮어지니
조금씩 싹이 튼다

날수에 뿌리내리고
생명이 불어넣어지니
행복이 시작되고

보고 지고 가꾸니
정이 새롭고
삶에 애착이 깊다

간혹 빨간불에
멈춰 서기도 하지만
곧 바뀌어 알고

이글거리는 땡볕과
혹독한 비바람 속에서도
배워지는 사랑을 느끼며

어디론가 또다시
뿌려진다 해도
지치지 않고

좋은 영양분으로
예쁘게 가꾸며
꽃 피운다

여지

이국적인 모습에
황홀한 맛이 느껴지니
빨개진 양귀비의 비명

향긋한 과일
풍성히 담은 듯
길옆에 옥수수가
넘실댄다

구멍 난 조각구름
붉은색으로 물들이고
소주 한잔 기울이니

그렇게
여름밤은 홀연히
사라진다

낯선 거리

뙤약볕에 선글라스 걸치고
강 따라 구부러진
길을 걷는다

아슬아슬한 그늘에
가슴 멍한 그리움이
물길 따라 흐르고

가끔은 가슴으로
먹는 아이스크림

이렇게 떠나는
그림자도 기억 속에
구부러져 있다

고향지기

청년들은 도시를
잡겠다며

섬세한 솜씨로
외길 농사 보여
변화된 축제를
만드네

유산균이 풍부한
김치에 열정을 두고
농촌의 현안에
집중하고

폭우에 터진 논둑 사이로
불청객이 사라지길
바라며

오유지족의 행복 위해
흘러내리는 땀방울이
값지네

덤

돌아선 모습에
눈물이 마르니
눈앞에 보인다

불가마처럼
견뎌준 사랑

또다시 떠난다 해도
보고 또 보며
목마르고

어제 없던 것이
오늘 보이다가
안개처럼 사라져도

고운 눈으로 곁을 지키니
생명은 영원하다

하모니

보폭을 맞추듯
도랑을 깔깔거리며 건너다가
흩어진 마음에 장단치고

가시에 찔린 손마디에
선인장이 시원하게 비웃는다

세모에서
동그라미로 바뀌니
백일홍이 혼이 나간 듯

하늘의 별들을
가끔 쳐다보면
세상일인 양 손뼉 친다

소외감

세차게 바람을
몰고 가다가
툭 떨어진 한 닢

기름종이에
물방울 흐르듯

쫀드기 감추고
약 올리고도
모른다 하니

어머니 품속에
안긴 하얀 알프스 풍경도

푸른 하늘 꿈꾼 듯
몽땅 연필의 그리움만
남네

인테리어

유리병 속 작은사랑
으깬 돌로 세대별 공간 채워주니
폭포수가 하늘로 치솟고

보석 소금으로 꽃밥 만들어
두 바퀴 인생살이에
날개를 달아 주니

덧없고 희망 없다 해도
고운 빛깔이 되살아나니
동화 속 숲이 우거진다

목마르지 않은 나무

시냇가에
고운 잎 차려입고
외출한다

가지치기의 고난으로
탐스러운 열매 맺으니

실패하고 시련이 올지라도
꿈을 짓고 사노라니

화평을 이루고자 할
하늘 마음이라면

잡초 뽑아 털끝만큼의
행복을 가꿀 수 있다면

풍요로움에 젖어
고뇌하는 마음의 행위로부터
뿌리 내린다

그런 줄만 알았습니다

정겨움의 맷돌은
거스름에 체하고

검게 그을린 농부는
행복에 취하니

쓸모없는 껍질은
버려야 상식이나

사랑하며 살아야 하기에
조금의 변색을 모르듯

금색과 은색 갈대도
흔들림의 존재로만
전해오니

그런 명상 다 내려놓고
자신을 돌아보며 반성한다

치유되는 선물

벽에 붙이니
해바라기 공감에 젖어

흔들리는 몸부림으로
마음의 영혼 담아

마음으로 만난 인연처럼
눈송이로 소나무를 덮어주듯

고마움에 또 보며
상처를 쓸어내리니

눈물 자국마다
곱디곱게 흐려지는
흔적들

산수유

사월이 되기도 전
휙 뿌려 놓은 왕관은
망울망울 물들이고

노란 그리움이
현기증을 일으키듯
수줍게 엉킨 거미줄은

세월에 휘감겨
떠밀려 오는 먹구름도
하얗게 달래보는
생존의 소용돌이

온몸을 타원형으로 감아
복주머니 만들어 가득 채우니
쏟는 힘으로 떡을 나눈다

동행

십이월과 일월의 만남
새로운 길이 열리고

지치고 힘들 때에도
누군가 등 뒤에서
바라봐 주고 힘을 주시니
일어나 걸을 수 있네

물이 그릇을 탓하지 않듯
소리 없이 피어나는 꽃처럼
그저 주어진 삶에 감사하고
모든 일에 축복이 내려지고

쪽빛 물감 엎질러진 하늘로
상처도 메워지니

따스함과 포근함으로
향기로운 여운을 남기며

꽃보다 아름다운 당신을 위해
사랑 바구니 안고 기다려지네

미완성 인생

영암 월출산 줄기 따라
넓은 평야

구름 아래 가득한
배롱꽃들의 환영

한눈에 굽어 보이는
만덕산 기슭에 자리한
다산 초당

발 딛고 길게 내쉬는 숨결과
피가 거꾸로 마르는 아픔처럼
예쁜 산길에 흩어지는 햇살도

노을 질 때까지 흔적 없이
부르는 노래에 조용히 실어보고

하얗게 토해지는 파도는
욕망에 덫처럼 슬퍼지기 전에
상큼함을 보여주고 싶고

평생이 걸려도 부족함에
알 수 없는 님처럼
파란 하늘 그 모습처럼
닮아보려 기웃거린다

매화

얼음 녹여
맑은 날에 호강하는
눈

숨 참아
눈부시게 들어오는
하얀 송아리

따스함 모아
알리는 배려 깊은
나무는

흔들림이 있을지라도
미워하지 말라며

참고 기다리면
평화의 녹색 알을
손에 쥐여주는

어여쁜
마음 꽃으로 다가오는
당신을 기다립니다

설날

묵은 때 씻어 버린 듯
뽀드득 상쾌하다

나누는 덕담마다
오가는 별 담고

떠들썩 목청 굴려
까르르 민속놀이에
오손도손 둘러앉아

행복 건강 웃음 행운 모아
선물 꾸러미 완성하니
으라차차 힘 솟는다

뽀얀 한 그릇에
나쁜 기운 쫓아내니
새롭게 태어난 듯

미래의 소망 담아
꽃등 하나 띄우련다

가족여행

행복 찾기라는 가을 향 따라
흰옷으로 예쁘게 도배하고

파도 타고 바람 따라
스치는 풍경마다
까르르르

호두과자 달콤함 맛보며
키득거리며

내린천 하늘 보며
앞뒤 판 절경을 찍어보고

수줍음에도 공감하는 시 한 편으로
야트막하게 뜰 안 정원을 가꾸며

멀리하는 세월이
가까움으로 함께 할
우리는

시원하게 한잔의 나눔이
흥미로운 추억을 가득 담은
일박의 나들이

아가야

이슬보다 반짝이고
콧날이 더 시큰둥하도록
귀여운 생명

희망의 새싹은 바란 듯이
고운 향으로 우리 곁으로
찾아와

애간장 태우듯
와락 안아보고 싶은
물 봉우리 같은 아가야

보고 보고 또 봐도
시간 가는 줄 모르니
너야말로 우리의 천사로구나